네가 슬퍼서 참 다행이다

02 핌 시인선

네가 슬퍼서 참 다행이다

초판 1쇄 인쇄 2024년 12월 1일
초판 1쇄 발행 2024년 12월 19일

지은이   한재희
펴낸이   맹수현
펴낸곳   출판사 핌
출판등록   제 2020-000269호 2020년 10월 6일

주소   서울시 마포구 신촌로2길 19, 3층
이메일   bookfym@gmail.com
팩스   02-6499-5422

편집   이영숙
디자인   기경란
인쇄   천광인쇄사

ISBN 979-11-988088-4-4 03810

네 가   슬   참   다 행 이 다
         퍼
         서

한재희

02 픽 시인선 | 출판사 픽

이 작품집은 한국문화예술위원회 2024년도 예술단체의 예비예술인 최초발표
지원을 통해 제작되었습니다.

시인의 말

말하지 못한 풍경이 있었다
별들은 매일 다른 하늘을 그렸다

귀에 담지 못한 말들은
손가락 사이로 흘러 버린 물과 같았다

세상의 떨림을 마음에 심었다
새 살이 간지럽게 돋아났다

차례

1부

／

2부

／

3부

/

4부

/

1부

맨드라미의 소원

나비의 이야기를 듣지 못하는 꽃이
혼자라는 사실은
조용한 슬픔이다
소리치지 못하는 아픔이다

시냇물은 어떻게 우나
개미가 더듬는 소리까지
듣고 싶은 소원이
귀의 모양을 닮아 가고
피어날수록 나를 주름지게 했다

입술의 움직임을 읽어 내야 하는
나날들

모두가 바람에 흔들리며 웃을 때
이유 모를 웃음을
애써 지어야 했던
외로운 비명이다

피아노

처음 피아노를 배우던 날
음표들은 나를 한시도 가만두지 않았다

도를 누르면 가장 낮은 심해 속 여린 음표들이 바다를 누비고
다녔다
레를 누르면 통통 튀는 돌고래들 사이로 헤엄치며 물고기들의
간지럼에 어쩔 줄 몰랐다
미를 누르면 어느새 수면 위로 올라와 갈매기 날개 위에 앉아
드넓은 바다를 내려다보고 있었다

지금은 기계음 속으로 사라진 피아노
나는 상상한다

도는 불규칙으로 밝아지는 천둥의 노래
레는 굽이치는 자동차 엔진의 진동
미는 투명한 우산에 부딪히며 우는 빗방울
파는 젖은 머리카락을 말리는 바람
솔은 길을 뚜벅뚜벅 걷다 발에 차이는 돌멩이 부스러기들
라는 전깃줄에 머리를 기대며 선잠을 자는 나뭇가지

그리고 시는 흩어졌다 모여서 이는 소용돌이

이젠 손을 뻗어도 닿을 수 없는 곳

그러나 음표들은 여전히 나를 가만두지 않는다

받아쓰기

사람들이 다들 조용한 세상에
사는 줄 알았던 초등학교 일 학년

선생님은 모니터 뒤에서 고갤 숙인 채
꽃과 옷과 못을 받아쓰라고 합니다

큰 목소리는 작게나마 알아듣던 때
그러나 꽃과 옷과 못은 발음이 너무 비슷했어요

뱁새같이 조그마한 손바닥에
빳빳하게 코팅한 단어장 잘 숨겨
몰래 보려 했지만,
들켜버렸습니다

손바닥이 붉게 물들어가는 동안
아픔보다 억울함만 쌓이고
나중에 받게 된 청각장애 2급은
그나마 듣기 평가에서
깍두기 증명서가 되었습니다

어린 나는 몰랐습니다

방문 너머에 소리가 있는 세상을

그림자가 따라다니는 걸음에도

소리가 있다는 것을

버들치 계곡

버들치의 숨으로 전해지는
계곡물의 찬기를 손끝으로 느끼며
투명한 페트병에 한 마리 잡습니다
와자지껄 몰려오는 버들치들

물놀이에는 꼭 붙어 다니는
우리 가족 같습니다

발가락 사이에 끼어 제 이야기를 하는 돌멩이
다리 사이로 지나가는 송사리들

풀잎이 발목을 간질이는 장난질
버들치가 만든 물살이 다리를 가로지를 때
시끄러운 진동에 온몸이 정신을 못 차리겠습니다

바람은 온 나무를 다 헤집고
길치 노루의 이야기를
토끼가 산딸기를 훔쳐 먹다 도망간 이야기를
뺨으로 훅 다가오며

머리카락 한 올 한 올에 속삭여 주었습니다

산 이끼도 같이 놀자고

부드러운 진흙처럼 손바닥에서 부서집니다

면접 결과

뷰티과 졸업을 앞두고

취업하게 해 준다는 말에

소망하던 미용실의 면접을 보았습니다

완성된 꽃다발처럼

형식일 뿐이니 부담 갖지 말라 하신

교수님

그래도 복잡한 머릿속은

백지만 뱉어낼 뿐입니다

실내 온도 22도에 곤두서는 잔털

꽉 쥔 주먹은 계속 미끄러집니다

하루 뒤에 나온 결과

나 혼자만 불합격

면접에서는 일등이었다는 뒷얘기도

위로가 되지 못하고

꽃다발을 꾸며 주던 포장지는

함께 주인공이 되지 못했습니다

불 꺼진 화장실에서
복지 카드가 없는 동기들을
꽃처럼 부러워하다
졸업 후 창업한 가게에서
저에게도 피어날
씨앗이 숨겨져 있었다는 것을
깨달았습니다

5교시 지각생

점심시간에는 귀를 빼고 머리카락으로 밤을 만듭니다
시계는 두 시가 한참 지났는데 교실에는 정적만 가득합니다

햇살이 읽어 주는 동화
그래서 아무도 못 일어났습니다
서로를 깨우지도 못했습니다

의자도 일광욕하며 선잠을 잡니다
분필도 바닥에서 뜨겁게 녹고
교과서도 팔랑이며 앞장, 뒷장 골고루 익혀
출석부는 교탁에서 잠들어 있습니다

5교시 지각생들
국사 선생님이 지나가며 시청각실로 가라고 알려줍니다

잠든 출석부 흔들어 깨워
교실 문단속하고
햇살이 알려 주는 길 따라
우리는 시청각실로 갑니다

살자 체험

가평 남이섬에는
생명의 은인이 삽니다

왕따였던 열여덟
몸도, 마음도 타 버릴 것 같던 지푸라기

절벽 끝
발바닥에 죽음을 절반 걸쳐 놓고
생명줄 하나만 믿고 서서
살자 체험, 했습니다

다 포기한 사람 살려 보겠다고
가슴 강하게 조여 오는 압박
마음에 안도가 퍼지며 울컥, 합니다

다 죽고 나니 요단강 나룻배가
어슬렁거리며 구해 주고
다시 지상으로 인도해 줬습니다

안도감에 차오르는 눈물

한강만큼 흘리고 알게 됐습니다

아무리 생각해 봐도

다시 생각해 봐도

살기를 잘했습니다

도둑질

오백 원짜리 스티커를 많이 갖고 싶었던 밤
엄마에게 쪼르르 달려가 물었다

엄마, 아빠 보청기 빼면 하나도 안 들려?
응
진짜 하나도?

두 번 세 번 확인한 후
그제야 안심이 된 나는
씨익 웃으며 뒤돌아섰다

일주일 후
야간 근무를 마치고 돌아온 아빠는
여보, 요즘 지갑에서 만 원짜리가 계속 없어져
하며 고개를 갸웃거렸다

내 책상 서랍에는
바스락바스락

아빠 지갑에서 돈 꺼내는 소리와 함께

스티커가 차곡차곡 쌓여 갔다

삼만 원

용돈 모아서 산 예쁜 펜 세트
쓰기도 아까워 자주 들여다보기만 했는데
예쁘다고 빌려 간 친구가 잃어버렸다 해서
갚으라고 말했던 삼만 원

오산천 다리 위에
발송인 없이 수취인만 있던 낙서를 보았다

왜 사냐, 나가 죽어라

손이 떨려 지우지 못한 내 이름
왜 그랬어, 소리만 허공에 머물던 열일곱의 등굣길

정다웠던 오산천 시냇물도 입을 닫고
발끝에 차인 돌멩이들도 눈을 감았다

교실에서
친구의 친구들이 나를 돌려세워
나는 어느새 가해자가 되어 있었다

예쁜 펜 열 세트만큼 뚫린 가슴에
오산천 찬 바람이 드나들었지

십 년이 지났어도
비밀이 가득한 채
디케°의 저울은
여전히 거꾸로 서 있다

○   디케 그리스 신화에 나오는 정의의 여신

이 노란 꽃은 이름이 뭐예요?

반 아이들의 얼굴만 알았던 초등학교 일 학년

교탁 바로 앞에 앉아 있다는 이유로

나 모르게 올려진 시험지

교실 창가부터 번호대로 앉아 있는 것도 아닌데

선생님은 채점된 시험지를 나눠 주라고 한다

짝꿍에게,

17번이 누구야?

나도 몰라

현정이는, 어떻게 생겼어?

나도 몰라

그런데 너, 이름이 뭐니?

어쩔 수 없이

번호대로 정리된 시험지 창가부터 가지런히 놓아두곤

내 것, 짝꿍 것 빼고 주인을 찾아 주지 못했다

선생님께 혼날까?

눈동자를 시끄럽게 굴리다

창가에 예쁘게 핀 무명 화분이 눈에 밟혀

선생님께 엉뚱한 소리로 물었다

선생님,

이 노란 꽃은 이름이 뭐예요?

저는 아직 이름을 잘 모르겠어요

그림자

머리부터 발끝까지 까만색 친구
점심에 먹은 스파게티와 새로 산 산뜻한 베이지 니트도 너에겐
검은색

까르보나라 스파게티 맛있었니 물어도 대답 없는 너
맛없었던 거 다 알아, 넌 토마토 스파게티 좋아하잖아

친구라곤 너뿐인데
말이라도 해 주면 가시가 돋는지 매일 침묵하는 그림자

넌 따라쟁이다
매일 먹는 음식도, 옷도 똑같이 입고
학교부터 회사까지 떨어진 적 없는 너

혹시 나 좋아해?

검지를 똑같이 물어뜯는 사이
수줍은 건지, 부끄러운 건지
한 번도 말한 적 없는 너

오늘도 듣지 못한 대답에 신발을 질질 끌던 퇴근길

가로등을 등지고 쪼그려 앉아 머리 위 하트를 만든다

모기 1

기척도 없이 다가와 안락한 단잠을 깨운 불청객
무료 영화 상품권도 안 줘 놓고 느낌도 없이 파고들어
작은 입으로 잘만 훔쳐 가는 평온
잔뜩 부어오른 자국에 손톱으로 가로 세로를 새겨도
간지러움은 며칠 동안 가시지 않고

엄살이라고 넘겼던 문제가 속에서 곪아 터졌다
손독 오른 상처가 오랫동안 나를 비웃는다

해결은 늘 더뎌, 하얀 벽에 희미한 점처럼 붙은 모기를
온 힘으로 때려잡아도 좀처럼 풀리지 않는 분

손바닥에 남은 아릿한 통증과 쓸린 핏자국은
수돗물에 씻어 내릴 수 있지만

스친 것은 잠깐인데
불안은 완행처럼 아주 더디게 지나간다

밤 산책

한 발자국마다 자만의
그림자가 길어지고 있다
세상을 다 아는 줄 알았던 허영심
세상의 진리를 다 통달한 줄 알았던 이십 대

등 뒤에서 조용히 따라오던 어리석음
그 그림자가 앞으로 걸었다
그제야 착각인 줄 알았다

진리는 발아래에 있지 않다
누구도 하늘의 깊이를 알 수 없다
밤은 하늘이 만들어 낸 그림자

어리석음은 나를 집어삼켰다

내가 어리석음에 잡아먹혔다

창작의 고통

딱풀이라도 발라 놨는지 머리말과 꼬리말이 서로 얽혀
분홍 입술이 중얼거린 몰라 머릿속은 라면 사리

배는 출출하다고 손은 심심하다고 머리는 태풍이 분다고
겨드랑이는 덥다고 머리카락은 말려 달라고 소란스러운 온몸

누가 영양이 많니, 누가 맛있니 투닥투닥하는 믹스넛처럼
작은 통에 꽉 들어찬 잡다한 생각이 부딪힌다

건조기에서 나온 수건을 비틀고 비틀어
마지막 한 방울이 나오길 바라는 고통

까만 플라스틱 뚜껑 가볍게 돌려 열고
한주먹 가볍게 쥐면 여러 가지 조화가 입에서 퍼질 텐데
생각도 이만큼 붙잡혀 나왔으면

내가 바라는 세상

소리가 날카롭지 않은 세상
입술의 말은 바람에 부드럽게 실려
누구도 높고 낮음이 없는

성목이 되지 못하는 욕심은
땅에 씨앗을 뿌리지 못해
지상에는 빈부 격차가 없는

타의로 꽃들이 스러지지 않아
바람은 늘 순풍이다

전염병은 뿌리를 잃고
치매는 흩어진 기억처럼 멎는다
상처가 없는 일상은 평온한 선율

해변에 조용히 묻히는 눈물이 바다를 이루고
오로지 빛만 껴안은 채 걷는 사람들
무지개는 하늘과 바다의 연결고리

파도도 일으키지 않는 순풍

온몸으로 느껴지는 평화

아이스 아메리카노

전공필수 수업이 시작되기 전
동기들과 매번 향하던 교내 카페
강의실로 향하는 걸음은
점심 굶기 일쑤이던 열아홉 살 왕따의 빈 위장처럼
발랄하게 가벼웠다

어른인 척, 성숙한 척
점점 침몰해 가는 통장을 애써 외면하고
어울리기 위해
가장 값싼 음료를 매번 주문했다

배가 채워지지 않는 메마른 공기의 맛

아아,
돈을 주고서도 온전히 가질 수 없는
내 것이지만 온전히 맛볼 수 없는
갈증만 부추기던
그 씁쓸한

터무니없는

내 터는 무늬가 없다
아무리 애를 써도 무늬가 그려지지 않는다

남들 하는 만큼 열심히, 가 힘에 부쳐
노력으로 잡힌 결괏값이 마음에 들지 않아
빈터를 메우려 다른 곳의 허세 같은 걸 떼어다 내게 붙이곤 했
다

마구잡이로 붙여 놓은 거짓, 무늬 없는 내 터에 질서는 애초에
무의미하다

직선을 그려도 비뚤다
별과 하트 따위의 모양을 그려도 비대칭이다

없는 터에서 발버둥 치며 살아왔던 그동안
채웠던 법칙을 다시 내다 버린다
빈터만 남겨 놓는다

터무니없다는 말은 어쩌면 자유일 수도 있어

아무런 무늬가 없는 것도 무늬가 될 수 있음을

나를 포장한 거짓말들을 탈피한다

2부

눈사람

함박눈 내린 밤
아빠 손 잡고
놀이터에 놀러 갔어요

장화 속까지 눈이 들어와
양말까지 젖어도 발 시린 줄 모르고
눈사람을 만들었어요

세상에서 제일 예쁜 장미꽃
눈사람에게 보여주려고
집으로 데려와 냉동고 안에 넣었어요

엄마,
내 눈사람 망가뜨리면 안 돼요
얘는 여름까지 꼭 살려야 해요

계절이 두 번 바뀔 때까지
냉동고 문을
열었다, 닫았다

열었다, 닫았다

장미 앞에서 녹은 눈사람은

내가 처음으로 지켜 낸 사랑입니다

웅

웅, 에서 점 하나 붙어서 웅

웅이 좋아, 발음만 해도 퍼지는 귀여움

동그라미는 지구처럼 둥글다

모난 곳이 없는 성격

어디에도 닿지 않는 모서리

웅은 언제나 부드럽다

어? 하는 물음에

동그랗게 다가와서 웅

입을 아, 열면 큰 동그라미가 따라와서 웅

입술도 둥글게 말아져, 우리 뽀뽀할까?

설렌 물음표에 언제나 웅

자석처럼 붙어 다니는 웅

거절이 뭐야? 사실 싫어를 몰라

사랑에 부정이 없는 둥글고 순한 대답

둥글게, 또 둥글게

나에게 항상 답해 줘

웅, 이라고

나도 웅, 하면서

우리 둘이 나누는 뽀뽀

사랑해

웅

금요일 오후 여덟 시 삼십 분

금요일 오후 여덟 시 삼십 분

성남에서 오산까지

오십 킬로미터를 자전거로 배달된 음식들

마카롱 롤케이크 생강청 팥빵 더치커피

매주 바뀌는 맛에 정신을 차릴 수 없다

달달하다가 담백했다가 기억에 남을 정도로 썼다가

소낙비가 내리던 그 금요일 밤은 원망의 먹구름이 짙어져

남아 있는 아포가토로 쓰린 마음을 달래고

다시 만난 이 금요일에 배달된 바닐라 라떼

두 달이 지나가는데 아직

완벽하게 섞이지 않은 우리, 라떼를 닮았네요

사랑을 휘적휘적 저었다

저항 없이 섞였다

달아진 사랑이 입술 위에 달뜨게 내려앉았다

자연스럽게 달았다

입술은 차갑고 숨은 뜨겁다

뒤엉켰다

너의 의도와

나의 고백이

사랑의 힘

오 킬로미터의 이화령 업힐°에 밀바°°는 사랑
평지 맞바람에 밀바도 사랑

십오 퍼센트 경사 박진 고개에
먼저 갔다 되돌아
내 자전거를 끌바°°°

조금만 더 힘내자
마지막 관문 영아지 고개 밀바도 사랑

오르막조차 함께 나누고
맞바람 먼저 막아 준 등에는
내 짐이 무겁게 짓누르고 있었다

사랑의 확신을 볼 수 있었던 준비물
로드 자전거 두 대와 4박 5일의 시간
함께 성공한 완주는
사랑의 힘 덕분이다

○　　　　업힐 자전거를 타고 오르막길을 올라가는 행동.

○○　　　밀바 '밀어주는 바이크'의 준말. 등 뒤에서 밀어주는 힘.

○○○　　끌바 '바이크를 끌다'의 준말. 자전거에서 내려 끌며 이동하는
행위.

열 살 차이

우리는 과거와 현재를 사는 중

너는 나의 십 년 뒤

나는 너의 십 년 전

차이 사이를 걸어가는 시간

너는 나보다 열 걸음 후

나는 너보다 열 걸음 전

그러나 같은 속도로 숨을 쉬는 중

들숨과 날숨을 같이하는 중

다름이 물 위를 걷는다

너는 하늘에서 나를 보는 중

나는 바다에서 너를 보는 중

수평선으로 이어진 우리

밥 열 그릇 더 먹었어

밥 열 그릇 덜 먹었어

나는 낮은음자리표

너는 높은음자리표

서로 다른 두 계이름이 만나

우리는 하나의 음악으로

같은 미래를 노래한다

가난한 난쟁이

가난은 주머니 속에 잡히지 않는 꿈이다
숫자들이 화면 속에서 춤추며 삶의 가치를 나눈
어른들의 버릇을 배운 아이들은
개근 거지라는 신조어를 만들어 냈다

MZ세대로 자라서는 통장 속 숫자와 아파트, 자동차로
서로를 나누기에 급급하다

그러나 주머니에 반딧불이가 가득한 이는 가난하지 않다
밤하늘의 별을 보며 내일을 그리워할 줄 아는 마음은
숫자로 매길 수 없다

나는 집도 없고 차도 없다
투명 케이스와 스마트폰 사이
카드 한 장 보관할 수 있는 지갑

어깨를 짓누르는 가방을 메고
오늘도 나서는 현관문

내 이름으로 된 재산은 없다

그러나 나는 가난하지 않다

등에는 꿈이 항상 무겁게 짊어져 있어

키가 자라지 못했을 뿐

어항

작은 조약돌 따위를 주머니에 넣었다 모난 곳 없이 매끄럽고 동
글동글하다
작은 어항에 쏙쏙 들어가던 돌은 내가 모았던 마음 입구까지 꽉
들어차 묵직했다
조심스럽게 안고 너에게 가져다주며 시작된 풋사랑

너는 어항에 물을 붓고, 금붕어가 헤엄치게 하고 싶어 했다
그러나 내 사랑을 하나, 하나 덜어 내는 너를 보며

양손 가득 마음을 돌려받고 되돌아오던 길
돌려받은 마음이 버거워 아무렇게나 바닥에 던져 버릴 때마다
사랑이 가벼워졌다 너는 멀리 사라졌다

무게가 없는 어항이 서럽다
후회라는 단어가 돌처럼 무겁다
사랑은 물처럼 살며시 서로에게 스며드는 것인데
아직 어려서 서툴다는 핑계 뒤에 숨는다

경기도 오산시

내가 태어나고 자란 오산은
따뜻한 주황입니다

하굣길 전깃줄 위에 앉은 까마귀는 종일
노을로 예쁘게 물든 벽돌들 사이
벌레를 잡아먹느라
퇴근길처럼 분주합니다

갈곶동 집으로 돌아오면
창밖에 펼쳐진 논밭의 벼들이
많이 기다렸다는 듯
꾸벅꾸벅 고개 숙여 반겨 줍니다

기차는 오산천을 가로지르고
평택으로 떠납니다

거실 창문 밖엔 오산로 뒤로 보이는
미백한 듯 하얗기만 한 평택 신축 아파트와
수정테이프처럼 덕지덕지 칠이 된 오래된 아파트가

노을을 섞어 노곤해진 마음에

가만히 따라 줍니다

우리 집도 주황입니다

거실에 걸린 하얀 커튼도, 주방 싱크대도

저녁 식사 준비에 한창인 은색 밥솥 뚜껑도

온통 주황입니다

달고나

사랑으로 달게 익어가는 몸뚱이 그럴듯하게 달궈진 달달함은
너의 혓바닥에서 끈적하게 녹아내릴 것을 알고 있었다

살살 젓다가 빠르게 젓다가 이랬다저랬다 하는 밀당
거품 나도록 뜨거움을 참는 일이 사랑 아니고 뭘까
내 달콤함으로 너를 행복하게 할 수 있다는 것은 뿌듯한 일이다

너의 혓바닥 끝에 내가 살짝 닿기만 해도 입가에 번지게 될 미
소
그 웃음은 나를 더 달게 만든다

쯥, 쯥, 소리를 내며 빨아 먹다가 오독, 오독, 소리를 내며 씹어
먹다가
혓바닥으로 달콤함을 온전히 취하고 부스러기를 집었던 손가
락을 빨겠지

나는 따듯한 사랑에 녹아 버리겠지만 너를 위한 달콤함으로
마지막까지 함께했어 내 역할은 이제 끝

너에게 웃음을 주는 일

바로 내가 만들어진 까닭이라서

커피의 꿈

하얀 마음이 당신의 십 분을 사려고 갈색으로 상기된 채 있었어요

그리움에 머물던 소원이 하늘에 닿아 마침내 온몸이 녹아내립니다

아, 오랫동안 기다렸습니다

마음이 두 갈래로 뜨겁게 녹아내리고 우유와 섞입니다

이 순간을 위해 준비된 뜨거운 마음

한 모금에 시원한 아침이 되고

두 모금에 먹구름처럼 흐려진 눈은 맑은 날씨가 되고

세 모금엔 무거운 어깨가 긴장을 풀어 가벼운 하루가 될 겁니다

진갈색의 향기가 피어오르는 시간

입맞춤으로 저는 식도를 타고 당신의 전신에 퍼집니다

우린 그렇게 서로를 알아 가는 겁니다

매일 아침 당신을 기다립니다

T의 마음

T, 중심을 딱 잡고 서
너에게 내 마음을
찔러 넣을 준비

우산처럼 우뚝 서
폭우를 다 막아 낼 준비

오른쪽으로 또는 왼쪽으로
치우치지 않도록
휘청이지 않도록

전봇대처럼
양쪽에 등을 밝혀 줄 준비

T, 내 마음의 중심이야
내 품으로 들어와

고추잠자리

평생이 가을인 곤충이다
자유에도 사랑과 쉼터가 필요한 법
코스모스 잎에 앉아 짝을 기다리네
동백꽃 피어나기 전 단풍 옆에 잠들 것을 알면서
사랑의 꼬리를 물고 훨훨 떠나는 고추잠자리

봄 한철 모르는 생물이 사랑을 안다
구멍이 송송 뚫린 고장 난 날개로
휘청휘청, 사랑 뒤꽁무니 쫓아가다
짝이 날아가 버릴 것을 알면서도
부질없음을 탓하지 않는다

애착 인형

나는 솜인형

세상에 태어나자마자 나를 만든 손과 이별해

따뜻함을 느껴 본 적이 없다

네모난 곳에 먼지만 수북하게 쌓여 가던 날

우연하게 나를 안아 준 온도를 사랑하지 않을 수 없다

내 이름을 부르는 너의 모습

단잠을 자는 너의 모습

비뚤어진 한글을 쓰는 너의 모습

조금이라도 두 눈에 너를 품다 가려고

까만 눈은 너를 담아내기 바쁘다

오늘 너는 울상을 지으며 나를 안는다

내 속에 가득 찬 솜은

너의 외로움과 눈물을 다 받아 낼 마음이었나

괜찮아, 괜찮아

네가 슬퍼서 참 다행이다

내가 아직 너에게 필요해서

하이픈

버스비 870원 아끼며 학교 앞으로 느리게 걸어가

3,000원 떡볶이 일 인분을 둘이서 나눠 먹고

마지막 남은 한 개

배부르다고 서로 양보하던 사이

학교 운동장

부러진 나뭇가지로 땅에 서툰 하트 그리며 끈끈함을 새긴 그해

여름

머리 위를 맴돌던 하루살이만큼 애정이 불어났던

짜장면 한 그릇 대신 450원짜리 짜파게티 사 먹었던 그때

가난과 불행은 짝꿍이 아니었다

지금 공일공은 온 국민이 똑같은데 번호 여덟 개 못 외워

사라지고 만 우리 둘을 이어주던 끈끈한 하이픈

중학교 운동장에 핀 들꽃의 개수라도 하나, 둘 세어 보면

너랑 다시 뚜르르 연결될 수 있을까?

가장

고등학생 때 한 달 용돈 오십만 원
모자라 더 달라고 떼썼다
돈을 벌어 보고 나서야 아빠의 어깨가 무거운 줄 알아,
얹혀살던 주제에 용돈을 월세처럼 받아 가기만 했다

이천만 원어치 미용 배워 놓고 울면서 안 하겠다는 말
갓난아기 재우듯 도닥거리는 엄마 손길에 멎은 서러움

빌려준 돈도 없으면서 사채 이자처럼 사랑을 부풀려 받기만 했
네
지나고 보니 당연한 게 아니었다

졸업 후 가로수길에 쌓인 은행들을 한 푼, 한 푼
모조리 주워 담아도
평생을 걸쳐도 갚을 수 없는 원금

소고기 해장국

아버지와 기흥호수로 자전거 타고 오는 길
오산 고속도로 옆에 붙어 있는 오래된 해장국집에 들러
든든하게 한 그릇
합니다

두발자전거 처음 배운 일곱 살엔 육천 원이었던 소고기 해장국
이
만이천 원이 되는 동안 아버지 나이도 쉰이 넘었습니다

항상 이겼던 자전거 내기에서 오늘은 아빠가 졌습니다
속상한 마음 숨기며 아빠, 벌써 늙었어? 왜 못 따라와? 하고 놀
리니
얼큰한 해장국 쭉 들이키며 야, 이 정도면 한창이야 합니다

그래요
나도
아버지도
건강하니 한창입니다

우리 모두

오랫동안 한창 합시다

소나기

왜 항상 예고도 없이 쏟아지나요?
기상청도 가르쳐 주지 않아
그늘 한 점 없는 실내에 우산도 못 씌워 놓고
온 집안 창문 다 열어 놓고 나왔더니
그 찰나에 마음이 다 젖었습니다

사랑일까요?
새로 산 운동화, 양말 속까지 흠뻑 젖어
걸을 때마다 폭, 폭
우스운 소리를 냅니다

서툰 모습이 귀엽단 다정한 말에
이미 물웅덩이 한가운데 서 있는 소금쟁이는
난생처음 웅덩이 속이 궁금합니다
더 깊이, 풍덩 빠지고 싶어서

라벤더

꿀벌 한 마리
노크도 없이 들어와
마음을 멋대로 훔쳐 놓고

보라색 꽃봉오리가
조랑조랑 벙그는데
꿀벌은 모른 척, 날아갔다

언제 다시 날아와 줄까?
흘러가는 바람에 꿀 냄새 담아
나 여전히 여기 피어 있네,
전하지 못한 속 얘기는 뿌리 쪽에 쌓이고 쌓여

한 송이로는 부족해서
한 평씩 피워 내다 보니
이미 만 평에 만개해 있었다

꿀벌이 온통 붕붕거리는
이 들판은 너의 것

송이송이

가득 담긴 꿀이 키운 꿀벌이 되어

만 평의 들판을 붕붕거렸다

3부

애정 결핍

네일 아트 사업한다는 핑계로 산 재료비가
순수익을 초과하던 날
사도 사도 부족하게 느껴진다
아직도 채워지지 않은 컬러 진열장

하부장 열여섯 칸
케이스에 가득 담긴 파츠들 옆으로
또 배송된 3kg 파츠 더미
비닐이 뜯기지도 않은 채 빛나는
스와로브스키

떨어진 파츠들
슬리퍼에 끼이고 발에 차이다
전등도 닿지 않는 삼인용 소파 밑

구석에는 언젠가가 숨어 산다
채우고 채워도 넘치지 않는 언젠가
슬리퍼에 차이던 언젠가
여기 있다는 말도 못하는 언젠가

먼지만 쌓여가는 대로

홀로 잊히는 언젠가

볼펜

아이보리 컬러 위

검은 시냇물이 평행으로 흐르는 공간

위아래의 틈을 지난다

필통 속에서 숨을 고르는 흑심들의 이야기

책상 위에서 일하는 형형색색들이

느낌표처럼 사랑으로 너를 부른다

내가 너에게 적는 첫 문장이다

나는 일정한 두께로 너를 불러

너와 닿고 싶은 온몸의 유연

언젠가 쓰임이 다해 빈 깡통만 남아

플라스틱 분리수거장에 버려져

차갑게 잊혀질 결말에 부푸는 단념

그럼에도 슬퍼하지 않는 까닭은

내 시냇물이 만들어 낸 문장들은 지워지지 않기 때문

너의 책장에 한 줄 남아 있기 때문

사랑의 속삭임들이

권태기

나는 한 번도 이별을 이야기한 적 없다
그러므로 홀로 권태의 무게를 견딘다

한때 사랑했던 미술
한 장도 완성한 적 없는 캔버스 위
책장 구석 유화가 아직 굳지 않았다

한때 사랑했던 글씨
타인에게 사랑의 문장을 써 주며 내 사랑은 챙기지 못했던 모순
아직 필통 속 볼펜들의 잉크가 마르지 않았다

한때 사랑했던 목도리
손끝에서 매듭지어지지 못한 실타래는
까만 비닐봉지 속에 여전히 잠들어 있다

묵은 정서 속에 숨어 있는 쉼표
나는 아직 이별을 말하지 않았다

매년 시월에

코가 또 맹맹해지기 시작한다
흘러도 흘러도 멈추지 않는다
헐어 버린 인중이 쓰라려 수돗물을 틀어 놓고
눈물길을 닦아 줘야 한다

내 마음에 남겨진 사랑이 도진 것일까

습기 빠져나간 도시를 투명한 먼지와 멀고 가까운 데서 몰려온
꽃가루들이 가득 채웠다
추억의 문고리가 가장 먼저 흔들렸다

노랗게 물든 가로수가 이젠 내 안을 갉아먹는 상처가 되었다
나를 향해 불어오는 시원한 웃음이 괴로워
온몸의 감각은 하나하나 셀 수 있을 것처럼 예민해졌다
사랑이 아니라고 말할 수 없었다

어쩔 수 없다
괴로움에도 불구하고 너를 앓지 않을 수 없다
슬픔을 멈추게 하는 알약을 입에 털어 넣고

몽롱함으로 매일매일 버티는 하루

나도 맹렬하게 꽃가루를 터뜨린다
비말은 작년 가을까지 날아가 잊었을 만한 장면들을 챙겨 온다
다시 눈물 콧물이 줄줄 흐른다

물망초

1.

숱한 연애를 해 봤습니다

십사 일, 이십 일, 육십 일, 팔십 일

사랑이라는 꽃봉오리가 아니, 새싹이 맺히기 전 시들어 버렸던

연애

나는 무슨 꽃인지 매번 알지 못했습니다

당신에게 물망초로 피어나기 전까지

2.

가장 작은 마음이라 보이지 않았습니까

공중 바람개비처럼 후후 분다고 마음이 돌아설 것 같았습니까

아니면 한줌 손바닥에도 들어오지 않아 성에 안 찼습니까

아쉬워 말아요

온 힘을 다하는 중입니다

3.

당신에게 프러포즈는 이렇게 하겠습니다

원예용입니다

투명한 레진 속에 그대로 저를 가두세요

오랫동안 보관하실 수 있습니다

잘 보이는 곳에 두고 매일매일 물 주는 것을 잊지 마세요

4.

천백십일 일은 첫사랑입니다

어쩌면 잔뿌리의 가짓수 또는 꽃잎의 개수

온 마음으로 첫 번째를 표현하는, 하나

그래요, 저는 당신이 첫사랑입니다

되고 싶습니다

모기 2

앵, 하는 소리도 없이 마음에 스며든 너
봉사 활동 신청도 안 했는데
혈관에서 멋대로 뽑아 간 사랑
그리움이라는 이름으로 오랫동안 부어오른 마음

손톱으로 심장을 긁어낼 수도 없는데
아린 가려움이
오랫동안 애타게 했다

오늘도 하늘에 당연하게 있는 달처럼
눈을 감은 시야엔 여전히 네가 있다

시간이 약이라는 상투적인 위로
초 단위로 너는 더디게 흐려진다

기억조차 어느 날 가려움 없이 사라지기를

연애편지

새벽 네 시
내가 좋아하는 시간이다

온 세상이 잠들어 너만 생각할 수 있는 시간
새벽 네 시를 빌어 첫 연애편지를 적는다

입 밖으로 내뱉지 못한 말들
스무 해 뒤에도 벚꽃 냄새가 날 것만 같은 편지지 위
조용한 회색 자국을 그린다

지금은 너의 시간이다
내 숨결이 너에게 닿을 것 같은 차분함이
은밀하게 연결된 끈처럼

언젠가 종이 벌레가 달콤한 사랑을 훔쳐 먹으러
아무도 몰래 기어다니고 있을지도

그땐 그랬지, 하고 꺼내 보는 미래에
내 옆에 있는 사람이 너였으면 좋겠다고 쓴다

마음을 새기려고 너의 시간까지 기다린다

감기

엄마가 볼을 꼬집어 주는 정도의 아픔

열은 달뜨게 올라 혀끝에 맛이 느껴지지 않는다

식도로 죽을 꿀꺽 삼킨다 씹을 기운도 없어 두어 번 움직이다

말고

입술은 목구멍으로 역할을 넘겼다 잘게 부서진 쌀알이 따뜻하

게 식도를 감싼다

옆에 아무도 없다는 설움에 밥그릇이 번졌다가 선명해진다

푹 자고 일어나면 괜찮을 거야, 이별에는 원래 약도 없다 스스

로 주고받는 동정의 말

시간이 약이라는 뻔한 위로가 죽처럼 뭉개진다

위장에 따뜻한 욕심이 배부르게 쌓였다 이 순간

손가락 끝에 다시 얽히고 싶어 차마 놓지 못한 감정을 움켜잡는

다

전복죽을 가득 담은 숟가락

너를 앓는다

먹어도 먹어도 금방 네가 고프다

위장 속에 잔잔한 온기가 허기처럼 쌓여 간다

교환 일기

십오 년 전 친구들과 쓴 일기장

세 개의 서로 다른 글씨체가

밧줄처럼 얽히고설켜 있습니다

일기에는 아직 마침표가 없습니다

서투르니 천천히 쓰자고 다음 페이지로

넘기지 않았습니다

빛바랜 종이는 우정과 세월만큼 나이를 먹으면서

여전히 세 갈래의 꿈을 품고 있습니다

순수함은 여전히 살아 숨 쉬어

초록으로 익지 않은 연두의 새싹들

맑게 뛰놀았던 시절이 추억에 젖습니다

그림 그리는 것을 좋아했던 우리 셋

삐뚤빼뚤한 글씨조차 닮아간 것 같습니다

지금은 어떤 글씨체를 가지고 있을까요

오랜 친구에게 카톡으로 연락하니

나눔명조체들끼리 서로 반듯하게 인사합니다

T의 위로

왜, 에도 뭐가, 에도 있는 마음
빵 사이 크림을 잘 비벼 우걱우걱 씹어 먹고 이야기하자
그래, 너의 기분이 좀 가라앉으면

근데, 에도 그래서, 에도 있는 걱정
어로 시작해 해로 끝나는 물음표는 기만
답지 없는 문제집은 누가 채점해 주나

정신 차려, 울지마, 더 악독하게 살아
우울은 자정의 종이 울리기 전
가로등조차 피하는 쓰레기통에 버려

뻐꾸기가 울기 전 눈을 감고
영 시 일 분에 눈을 떠

그래 내일이다
내일은 오늘이다

생크림 빵으로 살아낸 어제를 칭찬해

문제집은 다 동그라미 쳐

빗방울이 쏟아진 대야는 커다란 일
사랑의 결실은 커다란 삼
세상에 틀린 것은 없다

넌 강하다
난 강하다

쿠크다스

포장지를 보고 나를 사랑해 놓고
수줍게 부서져 귀찮아졌니
옷자락에 미련처럼 붙어 버린 내 마음
고민할 가치도 없다고
훌훌 털었니

내 마음은 너덜너덜해
사랑이라고 믿었던 조각들을 들여다봤다면
너는 나를 사랑하지 않을 수 없었을 텐데

조금만 조심스럽게 나를 다뤄 줬다면
너에게 닿지 못한 내 미련도 남지 않았을 텐데
만약이란 바램은 이제 맞춰질 수 없는 부스러기

패러글라이딩

하울°은 절벽을 날 수 있다
소피°°는 걱정들을 내려놓고 바람을 걸었을까

나는 거대한 하울을 등에 업었다
가뿐하게 공중에 올라
두어 발자국 만에 월봉산이 지척이다

하늘의 입장에서 땅을 바라볼 수 있었다
발바닥만 한 마을들이 조그맣게 웅크리고
정수리만 내민 산들은 높이를 잊는다

하늘을 향해 다가와 주던 생물은 새들 뿐이네
구름이 비를 내렸던 일은
비로써 땅에 닿아 보고 싶은 간절함이었나

바람은 절벽에 걸쳐진 걱정거리들을 수거하며
심심한 하늘에게 조잘댔을 테고

까르르 웃음만 나왔던 공중

바람이 온몸을 간지럽힌 짧은 순간

두 다리를 곧게 뻗으며 도착한 땅 위
이야기를 묶어 놓고 온 절벽을 보면

걱정거리를 절벽에 걸치는 사람들이
아직 공중으로 떨어지지 않은 자유들이 숨을 고른다
준비된 소피가 하늘을 달려가고 있었다

○　　　하울 미야자키 하야오 감독, 애니메이션 〈하울의 움직이는
성〉(2004)의 마법사 이름.
○○　　　소피 위 애니메이션의 여주인공 이름.

은신처

책상 밑

지구본 하나와 나 하나 들어갈 공간

책상 천장엔 천왕성, 목성, 숱한 야광 별들이 빛난다

하늘색 이불을 펼쳐 놓으니

아무도 모르는 해저 기지가 생겼다

지구본에도 표시할 수 없고 경도와 위도로 나타낼 수도 없어

하단이 다 뚫린 의자로 얼굴만 가리면 바깥세상이 보이지 않는다

지구본이 팽그르르 돌아간다

우리나라는 점 한 칸만 해, 별 가득한 이곳에 불가능은 가져다 놓지 않았다

우주에다 나를 숨기고 검지 하나로 온 세계를 여행했다

스물다섯에도 필요해 나를 숨길 안식처

세계지도와 맵에는 표기되지 않는 곳

순수함도 당돌함도 이젠 없어 예고편도 없이 사라진 은신처

이별을 극복할 때

오늘 헤어졌어요

가장 좋아하는 카페에 가서
딸기 스무디와 수제 오레오 초코케이크 주문하고
비 내리는 창가에 앉아

줄만 그려져 있는 노트에
자기소개를 적습니다

안녕하세요?
떡볶이는 일주일에 세 번 먹어 줘야 하고
키우지 않는 강아지와 고양이를 사랑합니다
영화는 꼭 자막이 있어야 하니
한국 영화는 못 봐요
욕심도 많아 스티커 두 장씩 사고
귀여운 이모티콘까지 매달 정기구독합니다

내일은
입맛 다르다고 못 먹었던 떡볶이 2인분을 혼자 다 먹을 거고

외국 영화 실컷 보고

오는 길에 스티커 두 장 사고

간섭 없이 종일 누워 고양이 동영상 보다가

신상 이모티콘 전부 다운로드할 겁니다

내 하루는

다시 행복할 겁니다

통각

너를 걷고 나니 길을 잃었다
마음속에 숨겨진 작은 돌멩이가
눈치채지 못한 채 박혀 있었다

가슴 통증으로 방문했던 내과
엑스레이도 찾아내지 못해
여전히 아픈 마음 부여잡으니
의사가 신경정신과를 추천한다

길에는 불규칙이 내렸다
불규칙은 규칙이 되어
마음을 투둑투둑 건드렸다

익숙하게 함께 걸었던 산책로
곳곳에 있는 돌멩이
아니다, 네가 숨어 있다

지나갈 때마다 나를 붙잡는다
마음속에서 길을 찾지 못하게 해

나침반도 없는데 방향을 잊는다

너를 걸었던 모든 시간이
미로 같아서 빠져나갈 수 없다

장례식장

죽은 사람에게 작별 인사는

아무리 빨라도 늦다

영정사진 앞에 쭈그려 앉아

먹구름처럼 자욱한 향 안개 속

눈물에 젖어 던지는 농담들은 진혼곡

외할아버지는 환한 웃음으로

눈 한번 깜박이지도 않고

겨울도 아닌데 꽁꽁 얼어버린 손에

잘 다린 현금 쥐어 드리며

안녕, 잘 가요

4부

놀이터 풍경

놀이터에는 나비와 잠자리들 따위가 놀았다

미끄럼틀 입구에는 거미들이 집을 짓고 가정을 꾸렸다

강아지풀은 민들레 사이로 무성히 자라 공기만 간지럼 태웠다

아무도 앉았다 가지 않는 그네는 바람에 삐거덕삐거덕 흔들렸
다

널뛰기가 그리운 시소는 그렇게라도 움직이는 그네가 부럽다

철봉 밑 먼지 쌓인 동전들을 아무도 주워가지 않았다

잡다한 소리도, 진동도 느껴지지 않는 고요

청년이 된 철쭉도

꽃봉오리 가만가만 맺히고

경기도 우천시

매일매일 비가 내립니다

기상청에서 알려 주지 않고 인터넷에서도 찾아볼 수 없는 곳

우천시에도 중식은 제공됩니다.

24시 전국 배달 서비스 마라탕 훠궈 양꼬치 꿔바로우

한식이 없을 거란 예측은 금물 시내 곳곳에 한식당은 금

입맛에 맞는다면 1박 2일 여행지로도 괜찮습니다

함께 여행하실 분은 금일까지 아래의 주소로 신청서를 제출하
세요

'경기도 우천시 우천로 49-5 우천 중앙도서관 담당 사서 앞'

청년 정책

태풍 소식이 있던 구월의 오후

나는 갈 곳 없는 새끼 고양이였다

집도 집사도 없는 길 위

울음소리가 삐약삐약 병아리에 가까웠을 때

떠돌이에게 집을 빌려주는 일은

얼마나 이타적으로 보이는가

제 몸집만 한 케이지 속 방 한 칸 화장실 하나짜리 LH 캣타워

깨끗하게 쓰거라

보증금은 츄르 세 박스, 월세는 츄르 다섯 봉지

츄르 세 박스를 대출 받고

동분서주했지만 월세도 이자도 다 내기 어려워

저축은커녕 내 사료통은

채워지지 않았고

빚의 무게에 숨이 막혀

자라는 동안 풍성해 보였던 세상은 점점 멀어져

하루 벌어 하루 먹는 나날

나는 나날이 야위어간다

가족 여행

물놀이가 끝난 후
구천 원으로 입장할 수 있는 정선 카지노
창문이 없는 게임 세상은
화려한 거울나라의 앨리스

종종거리는 토끼마냥 큰 게임판만 쳐다보다
굴러가는 주사위에 던진 오천 원짜리 칩
단 한 판에 빈손이 된다

한 판에 칠십만 원씩 잃었다는
주름으로 얼굴에 욕망을 새긴
십 년 동안
강남 아파트 세 채 날리고도 매일 출근한다는
옆자리 할아버지가 타이른다
아직 젊으니 그냥 돌아가요

꿈에서 깬 듯 빠져나온 이상한 나라
주차장엔
먼지만 빛처럼 뿌옇게 쌓인 슈퍼카들

바람조차 덜어가지 않는다

가짜 동전은
기념품으로 가져갈 수도 없고
카지노는
궁금해서 잠깐 목만 축인
미지근한 공짜 탄산음료 맛이었다

윷놀이

명절

거실에 둥글게 모인 친척들

약속한 듯 걷은 참가비 일만 원

일등 팀은 인당 이만 원, 이등 팀 본전

네 가락 한 손에 일렬로 잡고 던집니다

누구는 꼼수 쓴다고 위에서 내려칩니다

그런다고 모가 나오나, 윷이 나오나?

우리 가족 팀 개띠 두 명

아빠가 개판이구먼, 중얼거려 한바탕 웃습니다

개를 쳐서 개를 잡고 개를 쳐서 윷 자리

싱글벙글도 잠시

에이, 도망갈 길만 만들어 줬네

개 자리에 또 얹히는 상대 팀 말

아빠 차례에 나온, 걸

소원도 이뤄 준다는 보름밤인데

뜻대로 되는 게 없다고 한탄합니다

내 차례에 나온 개
아! 아까 나왔어야 하는데

나이 어리다고 봐주는 법 없어요
세상에 게임 하나 맘대로 되지 않습니다

성수동에서

디올 건물 앞

쪼그려 앉아 싸구려 김밥을 우걱우걱 먹는다

어금니에 씹히는

자동차의 매연, 뭐지 하는 사람들의 시선

산책하는 개들이 흘리는 침

피부 탱탱한 젊은이들의 길

쩍쩍 소리도 없이 갈라진 돌계단

오토바이는 들쭉날쭉 세워져 있고

바퀴 없는 자전거는 주인을 기억하지 못한다

돈 빌려준다는 맨홀 뚜껑

못 받은 돈 찾아 준다는 착한 전봇대

연무장길로 가는 길바닥에 분리수거된 규칙들

담배 연기 싫어요 맞은편

사랑 받다 눈처럼 쌓인 꽁초들

함부로 버리지 마세요 표지판

성수동은 버려짐을 두려워했다

모두 착하려고

애써 낯선 이에게도 친절하다

동물원

입동이 지난 동물원

빨리 찾아온 겨울이 자박자박 걸을 때마다 부서지는 단풍

아프리카 구역에는 사람도 동물도 없어

한가로이 올라가다 보면

규칙적으로 한곳을 서성이는 호랑이

주머니에서 만져지는 우울증 알약

틈이 없어 던져 주지도 못하는데 마주친 눈

통유리엔 발톱으로 긁은 잔 기스가

안개처럼 뿌옇게 서려 있었다

검은 눈동자에 담긴 것은

체념일까, 비탄일까

안전과 식사를 보장 받는 대가로

자유를 잃은 너

행복이란 질문은 소용이 없었다

발밑 단풍이

바스러진 모양으로 대답했다

돌아가는 길

주머니에서 바스락거리는

한 봉지의 우울

기획부동산

하늘까지 닿는 빌딩을 지을 수 있다는 가상의 순수
숨 막힐 정도로 빼곡한 나무 위에는 모래성 하나 짓지 못한다

빌딩을 위해 필지에 모여든 구백 마리의 개미
각자의 구역에서 잘 다져진 땅으로 만들려 했다

이따금 하늘에서 내리는 비는 나무를 자라게 했고
개미들은 제 몸집만 한 커터 하나로 나무를 베었다
흠집 난 나무의 줄기 사이로 영양분만
더 쑥쑥 들어가고 있다는 사실을 몰랐네

슬며시, 라는 말에는 소리가 없어
개미들이 열심히 일궈 낸 틈새로
영양분만 쏙쏙 빨아먹으며

더 크고 웅장하게 자라는 숲

오 년, 십 년 뒤 숲이 정리되면
큰 빌딩을 지을 수 있다는 희망이

개미의 눈을 멀게 했다

천천히

바닥에 고인 물은 하늘의 거울

이따금 하늘이 내린 비

햇빛은 웅덩이를 천천히 말린다

어쩌면 짧은 기회라서

목화솜 같은 구름 떠다니며 전부 구경을 마칠 때까지

기다려 주고 있는 것

일상에도 필요한 쉼표

급한 일엔 어제 출발하란 말은 농담

지금 우리는 확실히 급해요

그래서 필요한 천천히

소나기에 젖은 빨래를

햇빛이 다 말릴 만큼의

배우

받은 상처들에 급급해 티 내기 바빴던 날
바쁜 안주를 불러 앉히고 나는 토로했네

말로 덜어질 무게가 맞을까 머리로 의심하는 중
되새김, 또 되새김질 같은 고백

그래 잊을 수 없겠구나
지우지 못하리란 것을 깨달았을 때
보이지 않던 무표정의 안주가 눈에 환했다

내가 말이 많았네, 목으로 넘어가는 술이 멋쩍게 쓰다
귓등으로 내려앉을 안주의 이야기를 묻는다

그래서 요즘 하는 일은 잘 되고? 별일 없지?

내 머릿속은 아직 내 상처에 진단을 내리는 중
사실 안주의 이야기는 궁금하지 않아

경청은 상대에게 바라는 역할 놀이

어쩌면 우리는 똑같다

서로의 이야기에 배부르지 않은 배우

자전

오늘의 세상은 돌아갑니다

정동진에서 일출 보려고 사람들이 얼굴 발갛게 물들이고 한곳
만 쳐다봅니다

태양은 참 쉽게도 도네요

지구는 자전 시스템이 한 번도 고장 난 적 없는 걸까요

순간을 눈에 담으려고

강원도 끝자락까지 왔지만

천천히, 조차 없습니다

지금 태양은 걷잡을 수 없습니다

페이퍼 커팅 아트

인생은 희극이란 말은 지루하다

삶은 가장 예쁜 작품을 완성해 내기 위해

날카로운 커터로 아슬아슬 줄타기하는 예술

이따금 종이를 끊어 먹고 지문을 가로지르는 상처에도 멈출 수 없는 줄타기

떨어져 매트에 지워지지 않는 칼집이 생겨도 매일 움직여야 하는 행위

무뎌진 날은 스스로 고통을 참아 내며 한 칸씩 부러진다

다시 예리하고 위태로운 춤을 추면서 깎여 가는 젊음

비로소 완성되는 작품

부러지고 테이프에 꽁꽁 싸인 채 버려지는 몸이라도

젊음이 남겨 온 모든 일이 헛되지 않는 줄타기

어른의 맛

태어나서 숨만 쉰 것 같은데 성인

어른, 어른.
입에서 둥글게 갈라지고 혓바닥은 윗니의 오래된 내부장치를
건드린다
몇 년 동안 함께했다고 이젠 익숙하면서도 여전히 낯선 기찻길
교정 철사가 혓바닥을 날카롭게 자극해 입안에 비릿한 맛이 퍼
진다

씁, 씁, 아 그래 어른의 맛이야 비리고 쉰내 나는 맛 아픔은 입안
에서 혼자 씁, 씁, 삼켜야 해 동전을 양껏 손에 쥐고 손바닥을 핥
은 쇠 맛같이 누구에게 공유할 수 없는 맛

헛구역질이 목구멍에서 올라와 위가 요동치며 힘들다고 말하
고 싶은데 붉은 물과 섞인 침을 밖으로 퉤 뱉는다
굶주려 있는 개미조차 물어가지 않는 침은 흙길 위에서 말라가
겠지
나를 위한 쓰레기통은 길 위 어디에도 마련되어 있지 않고

뭘 겨우 이런 걸 가지고 힘들어? 불금에 다 같이 모여 아직 낫지 않은 헛바닥을 알코올로 푹, 푹 적셔 소독하면 월요일에는 괜찮겠지 하는 어른

고민은 쏩, 쏩, 감추거나 퉤, 퉤, 뱉어 버리면서 입술로는 행복하라고 말한다, 우리 그래서 언제?

손톱 같은 하루 되세요

두 주면 원상 복구되는 손톱의 굳은살이

마음을 답답하게 할 때

오세요

여기 니퍼가 있습니다

큐티클 한 줄

맛이 없는 단골 카페의 새 디저트처럼

아웃 됩니다

또 한 줄에

심리학 전공도 아닌데

손님의 하소연 받아 내느라 무거워진

감정도 아웃

어쩐지

허술하게만 느껴지던 하루도

아웃시켜 드려요

손톱 위로 비치는 누드 시럽 색 바르고

광 좋은 탑 젤까지 굽고 나오면

손톱처럼 윤기 나는

삼십 일이 될 거예요

낮은 곳에서 나지막한 시가 올라오기 시작했다

이영숙 | 시인 · 문학평론가

좀 더 나은 사람이 되어 가고 있다는 자각의 뿌리는 겸손이다. 계단을 한 칸씩 차근차근 오르듯, 반성적 자아의 내면 성찰이 더 나아가 밖의 세계에 의연해질 때 선물처럼 그것은 온다. 기쁨과 보람과 자부심이 감각적으로 동행한다. 겸손이 현재에서 출발해 미래를 지향한다면 상대적으로 교만은 현재에서 출발해 과거로 회귀한다. 이때 현재는 결핍되고 과거는 충만해진다. 기쁨과 보람과 자부심이 관념적으로 동행한다. 감각과 관념의 거리는 겸손과 교만의 거리만큼이나 멀다. 우리는 어느 방향으로든 가야 하고, 또한 가고 있다. 세상사, 인간사를 반영하는 시에서도 같은 일이 일어난다. 생과 시의 방향성은 같다. 시는 생의 궤적을 압축해 보여 주면서 그 행간에 보편적인 삶의 양태들을 매설해 놓곤 하는데, 시의 어떤 단서들은 한 생을 통째로 이끌어 올리는 미늘이다. 시적 태도로서의 겸손과 시적 방법론으로서의 감각을 내장한 한재희의 첫 시집 첫 페이지에 놓인 시가 그것이다.

나비의 이야기를 듣지 못하는 꽃이
혼자라는 사실은
조용한 슬픔이다
소리치지 못하는 아픔이다

시냇물은 어떻게 우나
개미가 더듬는 소리까지
듣고 싶은 소원이
귀의 모양을 닮아가고
피어날수록 나를 주름지게 했다

입술의 움직임을 읽어 내야 하는
나날들

모두가 바람에 흔들리며 웃을 때
이유 모를 웃음을

애써 지어야 했던

외로운 비명이다

—「맨드라미의 소원」 전문

저 낮은 곳에서 나지막한 시가 올라온다. "맨드라미"의 눈높이에서 시작되는 세계. "나비"와 "꽃"은 공생 관계이지만 '어느 꽃'은 다른 차원을 산다. 날개를 팔랑이고, 꿀을 빨아 먹고, 앞발로 번갈아 입을 닦으며 내는 "나비"의 소리를 듣지 못한다. 경험하지 못했으므로 상상하지도 못한다. "세상 사람들이 다들 조용한 세상에/ 사는 줄 알았던 초등학교 일 학년" 무렵에서야 "방문 너머에 소리가 있는 세상을/ 그림자가 따라다니는 걸음에도/ 소리가 있다는 것을"(「받아쓰기」) "나"는 어렴풋이나마 알게 된다. 움직임이 있으면 "소리"가 있다는 사실은 얼마나 놀라운 발견인가. "시냇물" 흐르는 소리와 "개미가 더듬는 소리"까지 듣고 싶어 "귀의 모양"이 "꽃"의 전부를 이룬 맨드라미는 한재희의 시적 자아이다. 그렇다. 그녀는 시를 쓰는 농인이다.

세상에는 소리로 사는 사람(청인)과 눈으로 사는 사람(농인)의 세계가 있다. 청인은 어둠 속에서도 소리를 내서 사람 간에 소통할 수 있지만, "입술의 움직임을 읽어 내야 하는/ 나날"을 사는 농인들은 다르다. 몇 겹의 유리 방음막을 사이에 두고 서로 격리된 상황에서도 수어手語와 비수지非手指기호(표정과 몸짓 언어-필자 註)로 활발하게 소통할 때와는 달리, 빛이 사라지면 그들은 각자가 고립무원의 외톨이가 된다. "오백 원짜리 스티커를 많이 갖고 싶었던 밤/ (중략)// 엄마, 아빠 보청기 빼면 하나도 안 들려?/ 응/ 진짜 하나도?// (중략)// 내 책상 서랍에는/ 바스락바스락// 아빠 지갑에서 돈 꺼내는 소리와 함께/ 스티커가 차곡차곡 쌓여 간다"(「도둑질」)에서의 "아빠"와 같이 기척이라는 것을 전혀 느끼지 못하는 완전무결한 침묵에 빠져 있는 것이다. 이는 "영화는 꼭 자막이 있어야 하니/ 한국 영화는 못"(「이별을 극복할 때」)보는 이유이기도 하다. 빛이 있다 해도 청인들과 섞여 있을 때 역시 상황이 크게 달라지지 않는다. "꽃"들이 "바람에 흔들리며 웃을 때", '어느 꽃'은 그들이 왜 웃는지 몰라 "이유 모를 웃음을/ 애써 지어야" 한다. 이 가공의 "웃음"은 농인에게 "조용한 슬픔"이며, "소리치지 못하는 아픔"이고, "외로운 비명"이다. 사회적 제스처이기도 한 그 "웃음"을 수행하지 못할 때 농인에게는 어떤 일이 일어날까.

오산천 다리 위에
발송인 없이 수취인만 있던 낙서를 보았다

왜 사냐, 나가 죽어라

손이 떨려 지우지 못한 내 이름

왜 그랬어, 소리만 허공에 머물던 열일곱의 등굣길

정다웠던 오산천 시냇물도 입을 닫고

발끝에 차인 돌멩이들도 눈을 감았다

―「삼만 원」부분

왕따였던 열여덟

몸도, 마음도 타 버릴 것 같던 지푸라기

절벽 끝

발바닥에 죽음을 절반 걸쳐 놓고

생명줄 하나만 믿고 서서

살자 체험, 했습니다

―「살자 체험」부분

점심 굶기 일쑤이던 열아홉 살 왕따의 빈 위장처럼

　　　　　　　　　　　　　　　　　　　　　　—「아이스 아메리카노」부분

　　흔히 불법적인 물리적 강제력을 폭력이라 일컫지만, 이는
협의의 개념이다. 신체뿐 아니라, "왕따"와 같은 심리적 위해 또
한 고통의 파장이 극심하기 때문이다. 고등학교 시절에 "나"가
겪은 왕따의 양상들은 다양할 것이다. 그중 몇 가지가 위에 인
용된 시에 나타난다. "열일곱"의 등하굣길에 매일 지나다니는
"오산천 다리"는 "정다웠"고, "발끝에 차인 돌멩이들도" 살가웠
다. 그러나 어느 날, "내 이름"을 호명하며 "왜 사냐, 나가 죽어
라"라고 폭언한 같은 반 아이들의 "낙서" 사건 직후부터 상황은
달라진다. "손이 떨려 지우지 못"하던 "나"는 아무에게도 위
로받지 못한다. "오산천 시냇물도 입을 닫고" "돌멩이들도 눈을
감"듯 1:多의 구조로 "왕따"가 되는 것이다. 불붙으면 후르르
타오를 "지푸라기" 같던 "열여덟". 이제 "친구라곤" "그림자"(「그
림자」)뿐인 "나"는 분노와 저항 대신 자학과 체념에 잠겨 "발바닥
에 죽음을 절반 걸쳐 놓고" "절벽 끝"에 자신을 세운다. 다행히
"생명줄"을 잡고 다시 일상으로 복귀하지만 말이다. "살자 체험"
을 했으나 같이 밥 먹으러 갈 친구도, 식당에서 뭇 시선을 견디
며 혼자 밥 먹을 용기도 없어 "점심 굶기 일쑤"여서 "열아홉 살"

의 대부분을 "빈 위장"으로 지내야 했다. 고등학생 때만의 문제가 아니다. 초등학교 저학년 때, "모니터 뒤에서 고갤 숙인 채/꽃과 옷과 못을 받아쓰"기 시키는 교사의 입 모양을 읽을 수 없는 "나"는 메모장을 몰래 보려다 걸려 손바닥을 맞는다. "교탁 바로 앞에 앉아 있다는 이유로" "채점된 시험지를 나눠 주라고" 하지만 친구들의 이름을 부를 수 없으니 이 임무를 완수하지 못한다. 그에 대해 해명할 수도 없다(「이 노란 꽃은 이름이 뭐예요?」). 농인이라는 약한 고리는 자주 세상과 연결되지 못한 채 미끄러지고, 실수와 오해는 누적되었다. 그 결과가 "왕따"였던 셈이다.

잠시 한재희에 대한 소개 글을 살펴보자.

1999년 경기도 오산에서 태어났다. 고등학교 시절 학교 폭력의 상처와 후유증을 혼자 글을 쓰며 달랬다. 뷰티 디자인을 전공하고 네일샵 '네일고푸다'를 운영하고 있다.

20대까지의 생을 출생 정보와 함께 고교 시절의 상황, 현재 직업이 같은 비중으로 소개하고 있다. "왕따"의 후유증이 얼마나 컸는지를 짐작할 수 있는 대목이다. 그러나 그녀는 '장애'라는 과거에 자신을 은둔시키지 않고 "혼자 글을 쓰며" 그 상황을 돌파한다. 대학생이 되어서도 더는 "복지 카드가 없는 동기들[청인 동기들―필자 注]"을 "부러워하"(「면접 결과」)지 않고, 상처 입은 짐승이 혀로 핥아 상처를 치유하듯 자신의 내면을 성실하고 정직하게 응시하기 시작한다.

내 터는 무늬가 없다

아무리 애를 써도 무늬가 그려지지 않는다

남들 하는 만큼 열심히 하는 게 힘에 부쳐

노력으로 잡힌 결괏값이 마음에 들지 않아

빈터를 메우려 다른 곳의 허세 같은 걸 떼다 내게 붙이곤 했다

마구잡이로 붙여 놓은 거짓, 무늬 없는 내 터에 질서는 애초에

무의미하다

직선을 그려도 비뚤다

별과 하트 따위의 모양을 그려도 비대칭이다

없는 터에서 발버둥 치며 살아왔던 그동안

채웠던 법칙을 다시 내다 버린다

빈터만 남겨 놓는다

터무니없다는 말은 어쩌면 자유일 수도 있어

아무런 무늬가 없는 것도 무늬가 될 수 있음을

나를 포장한 거짓말들을 탈피한다

──「터무니없는」 전문

이 시는 "터무니없다"와 "내 터는 무늬가 없다"라는 두 문장의 기표와 기의를 겹쳐 놓고 있는데, 이때 생기는 언어유희의 파문을 시적 논리로 활용하는 전략이 엿보인다. '터/무니/없다'의 근거 없이 허황하다는 내포는 '터/무늬/없다'라는 결여의 뉘앙스와 맞물리면서 잠시 복잡한 화학반응을 일으킨다. '무니'와 '무늬'는 유사 발음이지만, 음성언어의 유사함이 의미까지 포괄하는 건 아니기 때문이다. '무니'는 독립된 어휘가 아니어서 "터무니없다"의 자장 안에서만 유효하게 기능한다. 그것은 "내 터는 무늬가 없다"와 "빈터를 메우려 다른 곳의 허세 같은 걸 떼어다 내게 붙이곤 했다"의 사이, 그리고 "그동안/ 채웠던 법칙을 다시 내다 버린다/ 빈터만 남겨 놓는다"와 "터무니없다는 말은 어쩌면 자유일 수도 있어"의 사이를 왕래한다. 부정적 어휘인 "터무니없다"가 "자유"에 잇닿으려면, 앞의 "허세"를 부정해야만 한다. 곧 "허세"를 "터무니없"어 함으로써 "나를 포장한 거짓말들을 탈피"하는 결과에 이르러야 시적 논리가 형성되는 것이다. 이 순간 "내 터는 무늬가 없다"와 "터무니없다"의 의미는 "빈터"로서의 "자유"에 모아진다.

　까마귀가 온갖 새들의 깃털을 주워 자신을 형형색색 꾸미는 이솝 우화가 있다. 우화의 구조는 단순하지만, 한 개인의 생과 내면을 경유하며 시적 필터를 거치는 과정을 심도 있게 보여 주는 이 시는 한재희가 다른 시에서 보여 준 가볍고 경쾌한 터치와 다른 결을 지닌다. 이는 성인식의 시적 통과의례가 아니었을까. "저에게도 피어날/ 씨앗이 숨겨져 있었다는 것을/ 깨달았습니다"(「면접 결과」)라고 고백하며, "책상 밑/ 지구본 하나와 나 하나 들어갈 공간/ 책상 윗벽엔 천왕성, 목성 숱한 야광 별들이 빛난다/ 하늘색 이불을 펼쳐 놓으니/ 아무도 모르는 해저 기지"(「은신처」)가 된 혼자만의 "은신처"에서 빠져나와 비로소 날것 그대로의 세계와 대면하게 된 것이다.

　　태어나서 숨만 쉰 것 같은데 성인

　　어른, 어른.
　　입에서 둥글게 갈라지고 혓바닥은 윗니의 오래된 내부장치를 건드린다
　　몇 년 동안 함께했다고 이젠 익숙하면서도 여전히 낯선 기찻길
　　교정 철사가 혓바닥을 날카롭게 자극해 입안에 비릿한 맛이 퍼진다

쑵, 쑵, 아 그래 어른의 맛이야 비리고 쉰내 나는 맛 아픔은 입안
에서 혼자 쑵, 쑵, 삼켜야 해 동전을 양껏 손에 쥐었던 손바닥을
핥는 쇠 맛같이 누구에게 공유할 수 없는 맛

헛구역질이 목구멍에서 올라와 위가 요동치며 힘들다고 말하고
싶은데 붉은 물과 섞인 침을 밖으로 퉤 뱉는다
굶주려 있는 개미조차 물어가지 않는 침은 흙길 위에서 말라가
겠지
나를 위한 쓰레기통은 길 위에 어디도 마련되어 있지 않고

뭘 겨우 이런 걸 가지고 힘들어? 불금에 다 같이 모여 아직 낫지
않은 혓바닥을 알코올로 푹, 푹 적셔 소독하면 월요일에는 괜찮
겠지 하는 어른

고민은 쑵, 쑵, 감추거나 퉤, 퉤, 뱉어 버리면서 입술로는 행복하
라고 말한다, 우리 그래서 언제?

―「어른의 맛」 전문

시적 과장이겠지만, "태어나서 숨만 쉰 것 같은데 성인"이

될 수는 없다. 성인식을 치렀다고 절로 "어른"이 되는 것도 아니다. 물론 "성인"이나 "어른"은 '다 자란 사람'이나 '만 19세 이상'을 가리키는 명사이지만, 시에서 드러난 바에 의하면 "어른"이 된 지 "몇 년"이 지났어도 그것은 "익숙하면서도 여전히 낯선 기찻길"처럼 시적 화자와 평행선을 이루고 있다. 입속의 "교정 철사" 같은 이물감, "비릿한" 피 맛, "동전을" 쥐었던 "손바닥을 핥는 쇠 맛", 피와 "섞인 침"으로 표현된 "어른의 맛" 등은 비호감 일색이다. 그럴 수밖에 없는 것이 "어른"이 말하는 방식은 "헛구역질이 목구멍에서 올라와 위가 요동치며 힘들다고 말하고 싶은" 화자에게 인정과 배려가 아니라 "뭘 겨우 이런 걸 가지고 힘들어?"라는 질타이거나, "불금에 다 같이 모여 아직 낫지 않은 혓바닥을 알코올로 푹, 푹 적셔 소독하면 월요일에는 괜찮겠지"와 같이 맹목에 불과하다. "고민은 쑵, 쑵, 감추거나 퉤, 퉤, 뱉어 버리면서 입술로는 행복하라고" 말하는 "어른"을 신뢰할 수 있을까. 과연 "우리 그래서 언제?" 어른다운 어른이 될 수 있기는 한 건가.

받은 상처들에 급급해 티 내기 바빴던 날
바쁜 안주를 불러 앉히고 나는 토로했네

말로 덜어질 무게가 맞을까 머리로 의심하는 중

되새김, 또 되새김질 같은 고백

그래 잊을 수 없겠구나

지우지 못하리란 것을 깨달았을 때

보이지 않던 무표정의 안주가 눈에 환했다

내가 말이 많았네, 목으로 넘어가는 술이 멋쩍게 쓰다

귓등으로 내려앉을 안주의 이야기를 묻는다

그래서 요즘 하는 일은 잘 되고? 별일 없지?

내 머릿속은 아직 내 상처에 진단을 내리는 중

사실 안주의 이야기는 궁금하지 않아

경청은 상대에게 바라는 역할 놀이

어쩌면 우리는 똑같다

서로의 이야기에 배부르지 않은 배우

―「배우」 전문

하지만 세계에 만연한 "어른의 맛"은 기성세대를 거부하는 "우리"에게도 어느새 배어 있다. 친구 혹은 동료를 "안주" 정도로 치부하는 인식이 그것이다. "안주"라면 술에 곁들여 먹는 음식을 통칭하는 것이 아닌가. "나"는 술이고 상대는 "안주"라고 간주했을 때, 동등하거나 친밀한 관계가 형성될 여지는 거의 없다. "바쁜 안주를 불러 앉히고" "말로 덜어질 무게가 맞을까" 스스로 "의심하"면서도 "되새김질 같은 고백"을 하는 이유는 "받은 상처들에 급급"했기 때문이다. 그러나 질문 속에 답이 있다는 세간의 진실처럼, 그 와중에 "나"는 "그래 잊을 수 없겠구나/ 지우지 못하리란 것을" 깨닫는다. 이별에 대한 "토로"였던 듯하지만, 자신의 감정에 너무 몰두했던 탓에 미처 몰랐던 상대의 "보이지 않던 무표정"이 "눈에 환"하게 들어온다. "나"를 "안주" 정도로 여기는 상대 역시 "나"의 "말"을 "귓등으로" 듣고 있었던 것이다. "내가 말이 많았네, 목으로 넘어가는 술이 멋쩍게 쓰"게 느끼면서 시쳇말로 '현타'가 온 "나"도 상대에게 하나 마나 한 "이야기를 묻는다". "그래서 요즘 하는 일은 잘 되고? 별일 없지?"

우정이나 동료애 대신 서로를 "안주"거리로 여기거나 "역할 놀이" 정도로 인식하는 사회적 관계의 상투성을 이 시는 예리하고 비판적으로 짚어냈다. "배우"로 살아가는 현대인이 눈을 돌릴 곳은 결국 자기 자신이다. "내 이름으로 된 재산은 없다/ 그러나 나는 가난하지 않다/ 등에는 꿈이 항상 무겁게 짊어져 있어/ 키가 자라지 못했을 뿐"(「가난한 난쟁이」)이라는 현실 인식은 자기 비하나 자기애가 아니라 오히려 "꿈"에 방점을 찍는다. 자기 자신은 "배우"의 가면을 벗어 버리고 "자유"(「터무니없는」)를 찾고자 하는 행보가 시작되는 지점이다.

인생은 희극이란 말은 지루하다
삶은 가장 예쁜 작품을 완성해 내기 위해
날카로운 커터로 아슬아슬 줄타기하는 예술

이따금 종이를 끊어 먹고 지문을 가로지르는 상처에도 멈출 수
없는 줄타기
떨어져 매트에 지워지지 않는 칼집이 생겨도 매일 움직여야 하
는 행위

무딘 날은 스스로 고통을 참아 내며 한 칸씩 부러진다
다시 예리하고 위태로운 춤을 추면서 깎여 가는 젊음
비로소 완성되는 작품

부러지고 테이프에 꽁꽁 싸인 채 버려지는 몸이라도
젊음이 남겨 온 모든 일이 헛되지 않는 줄타기

　　예술 작품은 예술가가 이룬 성취의 결과물일 뿐만 아니라 젊음과 삶 그 자체라고 이 시는 강변하는 듯하다. "삶"과 "예술"이 "위태로운" 건 마찬가지 상황이어서, "날카로운 커터"에 의해 "종이를 끊어 먹고 지문을 가로지르는 상처"를 입거나 "칼집이 생"기는 일은 다반사다. 특이한 점은 "무뎌진 날"이 "스스로 고통을 참아 내며 한 칸씩 부러"지고 "테이프에 꽁꽁 싸인 채 버려지는 몸"을 예술가 자신으로 치환한다는 사실이다. "삶은 가장 예쁜 작품을 완성해 내기 위해/ 날카로운 커터로 아슬아슬 줄타기를 하는 예술"이란 문장에서 목적어와 보어 등을 생략하면 '삶은 예술'로 압축된다. 이 연장선에서 "다소 예리하고 위태로운 춤을 추면서 깎여" "비로소 완성되는 작품"을 "젊음"이라고 했을 때, 곧 예술 작품은 "삶"과 "젊음", "페이퍼 커팅 아트"를 가리킨다. 예술 작품과 자신의 젊음과 삶을 동시에 벼려서 창조할 때 비로소 예술가는 완성되는 것이다.

　　새벽 네 시

　　내가 좋아하는 시간이다

온 세상이 잠들어 너만 생각할 수 있는 시간

(중략)

지금은 너의 시간이다

내 숨결이 너에게 닿을 것 같은 차분함이

은밀하게 연결된 끈처럼

언젠가 종이 벌레가 달콤한 사랑을 훔쳐 먹으러

아무도 몰래 기어다니고 있을지도

그땐 그랬지, 하고 꺼내 보는 미래에

내 옆에 있는 사람이 너였으면 좋겠다고 쓴다

마음을 새기려고 너의 시간까지 기다린다

　　 ─「연애편지」 부분

　"연애"는 또 하나의 예술 작품이며, 공들여 깎아 내는 "젊음"이고, 현재를 미래로 잇는 "삶"이다. 모든 "연애"는 개인사적이라기보다 인류사적이고, 개별적이라기보다는 총체적 사건이며, 정체되지 않고 살아 있는 운동체이다. "연애"에 의해 인간의 서사는 이끼 끼지 않고 정서는 녹슬지 않으며, "연애"로 인해 인간은 좀 더 나은 사람으로 성숙해 간다. 아, 연애편지! 시간을 매개로 한 이 유대에 의해 "나"의 것인 "새벽 네 시"는 "너의 시간"으로 "은밀하게 연결"되며, "내 숨결이 너에게 닿을 것 같은" 공간적 유대로까지 이어진다. "연애"는 만인 공통의 언어이지만, 열이면 열, 백이면 백이 모두 다른 표정을 가진다는 점에서 다시 개인사적이고, 개별적이고, 특수한 파란만장이다. "그땐 그랬지, 하고 꺼내 보는 미래에/ 내 옆에 있는 사람이 너였으면 좋겠다"는 지순한 열망이 그 동력이다.

왜 항상 예고도 없이 쏟아지나요?

(중략)

이미 물웅덩이 한가운데 떠 있는 소금쟁이는
난생처음 웅덩이 속이 궁금합니다
더 깊이, 풍덩 빠지고 싶어서

—「소나기」 부분

금요일 오후 여덟 시 삼십 분

성남에서 오산까지

오십 킬로미터를 자전거로 배달된 음식들

마카롱 롤케이크 생강청 팥빵 더치커피

—「금요일 오후 여덟 시 삼십 분」 부분

푹 자고 일어나면 괜찮을 거야, 이별에는 원래 약도 없다 스스로

주고받는 동정의 말

시간이 약이라는 뻔한 위로가 죽처럼 뭉개진다

—「감기」 부분

익숙하게 함께 걸었던 산책로

곳곳에 있는 돌멩이

아니다, 네가 숨어 있다

—「통각」 부분

그리하여 온갖 사물에 "연애"가 투사되는 나날들이 펼쳐진

다. "예고도 없이 쏟아"지는 게 사랑이다. 언제, 어디서, 어떤 형태로 시작될지 알 수 없는 사건이다. 그 속성은 능동적이다. "소금쟁이"는 "물웅덩이 한가운데 떠 있는" 것에 만족하지 않고 "웅덩이 속이 궁금"하여 "더 깊이, 풍덩 빠지고 싶어"하고, "자전거"는 달달한 "음식들"을 싣고 "금요일 오후"에 "오십 킬로미터"를 오 킬로미터인 양 달려온다. 한편 만남뿐 아니라 "이별"도 "연애"의 일부라서 혼자 견뎌 내야 하는 나날들이 펼쳐지기도 한다. 앓아누울 수밖에 도리가 없으며, 무엇보다 "약도 없는" 걸 알면서도 "시간이 약이라는 뻔한 위로가 죽처럼 뭉개"지는 열병 속에 대책 없이 놓이게 된다. "함께 걸었던 산책로"에 '너'는 "돌멩이"처럼 "숨어 있"을 뿐 지금 여기에 부재한다. '내가 이별을 했는데' 그래도 "오늘의 세상은 돌아"가고 "정동진에서 일출 보려고 사람들이 얼굴 발갛게 물들이고 한곳만 쳐다"볼 때 "나"는 "태양은 참 쉽게도 도"는 게 이상하고, 어떻게 "지구는 자전 시스템이 한 번도 고장 난 적이 없는 걸까" 의아스럽기만 하다. "지금 태양은 걷잡을 수 없습니다"(「자전」)라고 했을 때, 더 '걷잡을 수 없'는 건 아마도 자신 내부의 격정적 소용돌이가 아니겠는가. 그러나 태양이 자전하듯 연애도 '자전'한다. 저물었다가 새로 떠오르면서 그 갈피에 무수한 추억과 사유, 고통을 이겨내는 힘과 지혜를 내장한다. 생의 리듬에서 예술이 탄생하듯 인간은 순화되고 세계는 다채롭고 풍요해진다.

나는 솜인형

세상에 태어나자마자 나를 만든 손과 이별해

따뜻함을 느껴 본 적이 없다

네모난 곳에 먼지만 수북하게 쌓여 가던 날

우연하게 나를 안아준 온도를 사랑하지 않을 수 없다

내 이름을 부르는 너의 모습

단잠을 자는 너의 모습

비뚤어진 한글을 쓰는 너의 모습

조금이라도 두 눈에 너를 품다 가려고

까만 눈은 너를 담아내기 바쁘다

오늘 너는 울상을 지으며 나를 안는다

내 속에 가득 찬 솜은

너의 외로움과 눈물을 다 받아 낼 마음이었나

괜찮아, 괜찮아

네가 슬퍼서 참 다행이다

내가 아직 너에게 필요해서

—「애착 인형」 전문

시를 감각적으로 표현하는 방식과 함께 사물에 자신을 투
사하는 장치는 한재희 시의 중요한 개성이다. 전자에 「피아노」,
「버들치 계곡」, 「창작의 고통」, 「경기도 오산시」, 「라벤더」, 「매
년 시월에」, 「놀이터 풍경」 등이 있다면, 후자에는 이 글에 인용
된 시들을 포함하여 「달고나」, 「모기 1」, 「모기 2」, 「어항」 등이
있다. 후자에 속하는 「애착 인형」의 시적 화자는 "솜인형"이다.
부모가 아니라 "만든 손"이 있을 뿐이어서 "솜인형"은 "세상에
태어나"서 "따뜻함을 느껴 본 적이 없"는 존재이다. 어린 "너"가
"나를 안아준" 첫 만남 이후 "나"는 "너"와 "사랑"에 빠진다. "내
이름"을 불러 주고, "단잠을 자"며, "비뚤어진 한글을 쓰"는 "너
의 모습"은 "나"의 "까만 눈"을 통해 각인된다. 너는 밖에서의 환
희와 고독과 고통을 겪으면서 성장하였다. 그런데 "오늘 너는
울상을 지으며 나를 안는다". 지금까지 그래 왔듯 "내 속에 가득
찬 솜은/ 너의 외로움과 눈물을 다 받아낼" 준비가 되어 있다.
나는 '그림자'도 아니고 '배우'도 아닌 너의 분신이다. 사랑하는
"너"여, 그러니 "괜찮아, 괜찮아".
　　이 시에서 마음을 오래 붙잡고 놓아주지 않는 문장이 있
다. 시집의 표제로 쓰인 "네가 슬퍼서 참 다행이다"가 그것이다.
뒤따라 나오는 "내가 아직 너에게 필요해서"란 어구에 의하면,

"솜인형"은 마치 슬픔이 "너"를 떠나지 않기를 바라는 것처럼 보인다. 그래야 "나"를 버리지 않을 것이므로. 사랑하는데, 설마 그럴 리야! "솜인형"은 "나"이면서 동시에 "너"이다. "너"는 다시 세계에서 "너"와 연결된 그 누구에게 "솜인형"이다. 인생은 유한하고, 모든 이는 슬픔을 생의 지분처럼 나눠 갖고 살아간다. 슬픔으로 가득 찬 세상. "네가 슬퍼서 참 다행이다/ 내가 아직 너에게 필요해서". 이는 한재희 시인이 세상의 뭇 슬픔들과 손잡는 방식이다.

이 시집은 농인의 삶을 사는 한 건강한 젊음이 과거에 귀속되지 않고 세상과 의연하게 마주하며 좀 더 나은 사람으로 성장해 나가기 위한 다짐으로 여기 놓였다. 낮은 곳에서 나지막한 시가 올라오기 시작했다. 겸손하고 다정하다. 그리고 시의 안과 밖에서 생은 경이롭다.